詩가 너의 눈에 번개를 넣어준 적 없다면

詩가 너의 눈에 번개를 넣어준 적 없다면

초판 1쇄 발행 2024년 1월 15일
지은이 양광모
펴낸이 김선기
펴낸곳 (주)푸른길
출판등록 1996년 4월 12일 제16-1292호
주소 (08377) 서울시 구로구 디지털로 33길 48 대륭포스트타워 7차 1008호
전화 02-523-2907, 6942-9570~2
팩스 02-523-2951
이메일 purungilbook@naver.com
홈페이지 www.purungil.co.kr
ISBN 978-89-6291-084-1 03810

양광모 절필 시집

詩가 너의 눈에
번개를 넣어준 적 없다면

푸른길

2023년 9월,
어느 일주일 동안에 쓴 시들이다.

채 피어나지 못한
꽃몽우리들도 다소 섞여 있겠으나
꽃잎 두어 개 부족하면 어떠랴
불의 꽃이거늘.

이제 11년간의 시작 활동을
내려놓으려 한다.

시인이 아닌 詩로 살아가기 위해
탁월한 詩로의 눈부신 부활을 위해
이제 헌 옷을 벗는다.

차례

II. 나는 사랑에게 할 말이 많았으나

Ⅲ. 눈이 오고 한 아이가 태어난다

IV. 시인들을 단두대로

I

청춘을 너무 헐값에 팔아넘겼으므로

운명이 검은 모자를 쓰고 달려온다

저기 운명이 달려온다
검은 모자를 쓰고
검은 옷을 입고
검은 신발을 신고
검은 장갑을 끼고
검은 몽둥이를 휘두르며 달려온다

깡패마냥, 사냥개마냥,
빚쟁이마냥, 제국주의마냥,

여기 인간이 마주 달려간다
푸른 모자를 쓰고
푸른 옷을 입고
푸른 신발을 신고
푸른 장갑을 끼고
푸른 주먹을 휘두르며 달려간다

오, 몽둥이와 주먹의 싸움이라니!
그러나 여기 인간이 더욱 유쾌히 달려간다
한때 우리가 밀랍으로 날개를 붙여
태양을 향해 날아간 적도 있었노라며

매일 낮, 한 인간이 떠오른다

매일 아침 해가 떠오른다
오늘이 결전의 날임을
알려 주기 위해

자, 승리를 위해 달려 봐
너를 위해 금빛 북을
둥둥 울려 주마

매일 밤 달이 떠오른다
짧은 휴전을
위로해 주기 위해

자, 갑옷을 벗고 자리에 누우렴
너를 위해 은빛 피리를
휘휘 불어 주마

매일 낮,
한 인간이 내 안에서 떠오른다
결국 삶으로부터의 승리는
내 자신으로부터 얻어야만 하는 것이기에

자, 시간을 움켜쥐어 봐

우주 너머 영원의 해변을 향해 힘껏 뿌리자

삶이 내게 소리치라 말한다

창백한 푸른 점,*
한 점 먼지뿐인
내게 삶이 소리치라 말한다

작고 약하였으나
어리석고 느렸으나
그리도 많은 눈물을 흘리며
운명과 싸워 왔느니
삶이 내게 소리치라 말한다

우주여, 보아라
여기 한 인간이 살다 간다
영원이여, 새겨 들어라
여기 불의 심장을 지녔던 한 인간이
순간의 불꽃을 불화산처럼 피우며 살다 간다

*칼 세이건, 『코스모스』, 사이언스북스

분노할 것

탄식하지 말 것
분노할 것

하늘 아래 모든 혁명은
예외 없이 분노가 낳은 자식이니

그대의 불운한 삶,
그대의 이루지 못한 사랑,
그대의 실패한 꿈들에 대해
분노할 것

칭얼거리지 말 것
한탄하지 말 것
오직 격렬하게 분노할 것
그대의 삶에 기념비적인 혁명이 일어나리니

다만, 얼음의 불꽃으로
다만, 마지막 화살은 그대를 향해

오, 저 태도를

나뭇가지 끝마다
팽배한 긴장이 매달려 있다

일순 바람이 불고, 부르르 몸을 떨며, 잎들이
외친다

이야, 다시 전쟁인가!

단풍,

그 피비린내 나는 전투

죽어야만 사는 운명
인간의 삶보다 가혹한데…

잠시 바람이 멈추고
나뭇가지마다, 일체의 모든 나뭇잎마다
가을 햇살을 평화로이 매달고 있다

오, 저 태도를 어떻게 배울 것인가

슬픔에게 의자를 내어 주진 않겠다

슬픔에게 의자를 내어 주진 않겠다

절망에게 부엌을
한탄에게 거실을
비참에게 집을 내어 주진 않겠다

문을 두드리고
소리를 지르고, 위협하고
아무런 해결 방법이 없다며 을러대겠지만

두려움에게 열쇠를 내어 주진 않겠다

회의에게 소파를
도피에게 침실을
눈물에게 집문서를 내어 주진 않겠다

내 영혼의 집, 그 주인은 오직 나일 뿐이니

방법은 없다

방법은 없다
중요한 건 사랑에 빠지는 일
매일 아침 떠오르는 어제의 태양과
마른 얼굴로 길을 걸어가는 어제의 사람들과
오늘 다시 일어날 어제의 일들을
사랑에 빠진 첫 순간처럼
열렬한 눈빛으로 바라보는 것뿐

천국은 없다
중요한 건 사랑을 포기하지 않는 일
희망의 작은 부스러기에서 용기를 얻는 일
더 이상 미소 짓기 힘든 것들에게 손을 내미는 일
내일 다시 일어날 오늘의 일들을
생의 마지막 기쁨인 듯
온몸으로 품 안에 끌어안고
뜨겁게 입 맞추는 것뿐

누가 달을 처음 보았는가

너는 별이 아름답다 말한다
나는 별이 쓸쓸하다 말한다
그러나 별들은 자신의 일을 할 뿐

너는 겨울이 길다 말한다
나는 봄이 짧다 말한다
그러나 시간은 자신의 보폭으로 걸어갈 뿐

누가 태양을 처음 보았는가
누가 대지를 처음 달렸는가

너는 신은 있다 말한다
나는 신은 없다 말한다
그러나 인간은 인간의 삶을 살아갈 뿐

누가 달을 처음 보았는가
그의 뒷마당에 토끼 한 마리가 훌쩍훌쩍 울고 있는지
아니면 기쁨에 겨워 깡충깡충 뛰어다니고 있는지

그대가 태풍을 원한다면

인과율을 믿을 것

작은 나비의 날갯짓이
거대한 태풍을 불러일으킨다는
나비 효과 이론을 신봉할 것

그렇다면 그대의 할 일은
단 한 가지뿐

그대의 두 팔을 높이 들어올려
힘차게 날갯짓을 할 것

그대의 삶에
행운의 태풍이 밀려오기를
그대의 미래에
행복의 폭풍이 몰아치기를 바란다면

꽃을 심을 것
물과 거름을 줄 것
나비를 응원할 것

나비와 함께 날갯짓을 할 것

기후 위기에 대응하는 인류의 행동에 동참할 것

그 무엇이든 좋으니,

반드시 첫 번째 도미노를 쓰러뜨릴 것

날갯짓을 하고 있는 것이다

조금 더 많은 빵을 위해서가 아니라
조금 더 넓은 집을 위해서가 아니라
저 멀리 창공으로 날아오르기 위해
날갯짓을 하고 있는 것이다

이미 오래 전, 퇴화된 날개

하늘로 날아올라
구름 위에 누워 쉬던 날들
별까지 날아올라
모서리에 앉아 북극성을 바라보던 날들
그 날의 기억이 겨드랑이 사이에서
늘 꿈틀거려

두 팔을 허우적거리는 것이다
두 발을 분주히 옮기는 것이다
점점 더 많은 시간을 서 있는 것이다

들리지 않는가, 퍼드덕퍼드덕
온 세상을 가득 채우는

인류의 힘찬 슬픈 날갯짓 소리

삶의 질곡 속에서

문을 찾아서

별들이 얼마나 급한 걸음으로
우주의 끝을 향해 달려가는지
거기 영원의 문을 열어젖히기 위해

개미가 얼마나 위풍당당한 걸음으로
대지의 중심을 향해 행진하는지
거기 존재의 문으로 입장하기 위해

새들이 얼마나 자주 멈추며
창공의 심장을 향해 날아가는지
하늘과 대지 사이에 숨겨진
비밀의 문으로 들어가기 위해

사람아, 삶이 얼마나 길을 잃고 헤매는지
우리 영혼의 문을 찾아서

그 안에서 그대가 울며 기다리고 있다기에

당신의 잘못이 아니다

당신의 잘못이 아니다

길을 가다 넘어진 일
갑작스런 소나기에 온몸이 젖은 일
지갑을 잃어버린 일
약속을 종종 잊어버린 일
목표를 이루지 못한 일
뒤늦게야 꿈을 발견한 일
사랑을 끝내 붙잡지 못한 일

당신의 잘못이다

이 모든 일들에 대해
미소 지으며, 감사의 인사를 건네지 않은 일

이들은 모두 당신의 인생에
변화나 깨달음, 경고를 주기 위해
방문한 손님들이었음에도

9월

9월의 첫날
새벽 첫 차를 타고 도착한
가을이 들뜬
표정으로 창문을 두드리며 말한다

준비되었는가
나는 세상을,
너는 영혼을 붓질해야 할 시간이 왔다

위대한 화가여
당신은 당신의 물감을 마음껏 쓰라
나는 오직 하늘과
바다의 색으로만 칠하리니

내 영혼의 가을,
짙푸른 단풍, 명랑한 낙엽!

10월

10월이 물감을 듬뿍 찍어
내 영혼을 칠한다

가렴, 10월에도 떠나지 못한 영혼은
겨울이 길고도 추우리니

가을

내 무엇을 미워하랴
하늘은 저렇게 영원한
푸른 미소를 짓고 있는데

내 무엇을 후회하랴
나뭇잎은 저리도 맹렬히
제 몸을 붉게 물들이는데

가을은 햇살과 바람과
별을 시켜 속삭인다
이제 그만 손을 잡으라
이제 그만 옷을 갈아입으라

내 무엇을 사랑하랴
지나간 봄, 지나간 여름,
이제 곧 찾아올 겨울,
오, 지금 내 앞에 펼쳐져
신화 속 불길처럼 타오르는 단 한 번의 가을

내 무엇을 슬퍼하랴

깊고 맑은 눈을 가진
그녀의 품에 안겨 있는데

아무것도!

사이가 새가 된다

사이가 새가 된다

눈 깜짝할 사이가
눈 깜짝할 새로

겨울과 봄 사이
밤과 낮 사이
불운과 행운 사이
절망과 희망 사이가

새가 된다, 그리하여 창공을 힘껏 날아다닐 때

눈물과 미소 사이
삶과 죽음 사이에

새가 난다

피

너는 물, 시냇물이었다가, 강물이었다가
바다가 된다

너는 불, 촛불이었다가, 횃불이었다가
산불이 된다

너는 꽃, 꽃망울이었다가, 꽃이었다가
낙화가 된다

피여, 흘러라, 타올라라, 피어나라

살과 뼈가 무엇을 할 수 있으랴
오직 너만이 대지로 흘러가
허위와 기만을 씻어 버리느니

피여, 소용돌이쳐라, 춤춰라, 세상으로 흩어져라

우주의 피여, 인류의 피여

미와 진리여!

나는 걷는다

나는 걷는다

양떼구름을 따라
끝없는 초원이 펼쳐진
푸른 하늘을

바람을 따라
기쁨에 가득 찬 춤을 추면서
이 나무에서 저 나무로

물론 나의 발은 대지에 묶여 있지
그러나 진정 내가 사랑하는 건
하늘과 바다와 보라

별을 따라 걷는다
우주의 강가를

밀물과 썰물을 따라 어슬렁거린다
영원의 발치를

그리고 보라,
진리와 미와 사랑의 색

나는 걷는다
각시투구꽃 꽃잎과 꽃잎 사이를
진리와 미, 사랑을 찾아서

나는 검은 고양이처럼

나는 검은 고양이처럼
시간의 쓰레기통을 뒤지지

쥐를 찾아서,

허무와 모순
역설과 공포의

그것은 아직도 내 몸에
사자의 피가 흐르고 있기 때문

밤의 한가운데
내 눈빛은 인광처럼 더욱 불타오르고

나는 검은 고양이처럼
살금살금 걸어가지, 그러나 위엄을 잃지 않으며

허무와 모순,
역설과 공포의 목덜미를 물어뜯기 위해

오, 투쟁의 식탁이여, 생의 식욕이여,

집어던져라

말해 보라
네가 손에 쥐고 있는 잣대가
얼마나 긴지 또는 얼마나 짧은지를

말해 보라
네가 그를 통해 세상을 바라보고 있는 것이
현미경인지, 망원경인지를

말해 보라
네가 쓰고 있는 선글라스가
청색인지, 흑색인지, 아니면 회색인지를

공평무사, 공명정대의 신도들이여
들어 보았는가 지렛대만 있으면
지구도 들어올릴 수 있다는 말을

집어던져라
너의 상식과 정의를 번쩍 들어올려
저 멀리 우주 밖으로

용서

용서란 힘들고
어려운 일이라 말하지만
인간이 얼마나 스스로를
재빠르고 인심 후하게
용서하는지 생각해 보면
용서란 세 끼 식사를
굶는 것보다야 쉬운 일

가시가 있다고
장미꽃을 미워하는 사람이
어디 있으며
숨겨진 뒷면을 지니고 있다고
달을 손가락질하는 사람이
어디 있으랴

용서를 위해 필요한 계명은
오직 한 가지뿐, 기억하라
인간은 장미꽃보다 아름답지 않고
달보다 고귀하지 않다

해가 뜬다

해가 뜬다
금빛 화살을 쏘아댄다

저것은 큐피드의 화살
저것은 에로스의 화살

빠져라, 인간이여
너의 삶과 사랑에
너의 운명과 사랑에

빠져라, 인간이여
너의 오늘에 열렬한 키스를 퍼부으며

청춘을 너무 헐값에 팔아넘겼으므로

나의 가난은 오래되었지
청춘을 너무 헐값에 팔아넘겼으므로
무엇을 대가로 받았던가
깃발, 안개, 장미꽃 한 다발
한 계절이 지나기도 전, 꽃잎은
모두 시들어 떨어지고
살 발린 생선처럼 긴 가시만 남은

삶이 종종 의아한 표정으로 묻는다
대체 우리에게 무슨 일이 일어났던 게냐고
얼굴을 붉히며 나는 대답하지
내가 슬픔에 너무 비싼 값을 치렀노라고
그리하여 이제 지갑이
텅텅 비었노라고

어머니, 가을이 제게 먼저 왔습니다

어머니,
가을이 제게 먼저 왔습니다
태양은 아직 용광로의 스위치를 내리지 않고
나무들은 초록 외투를 갈아입을
생각도 안 하는데

어머니,
가을이 제 손에 먼저 왔습니다
가만히 들여다보면 여러 갈래의 길들,
이제 막 걸어온 길, 아직 걷지 못한 길,
한 번쯤 걸어 보고 싶은 길,
마침내 걸어가야 할 길들이 보입니다
그 길 위로 마른 낙엽들이 떨어져
나그네처럼 지나갑니다

어머니,
가을이 제 발에 먼저 왔습니다
지난 계절의 신발은 이제 그만 벗으라며
바람구두*를 저의 발가에 내려놓고
가을이 땅 위에 쪼그리고 앉아 저를 바라봅니다

그의 눈망울은 얼마나 어린 사슴 같은지요
저는 차마 거절을 못할 것 같습니다

어머니,
가을이 제 몸 안에 먼저 왔습니다
붉기만 했던 피들이 은행빛으로 물들어
저는 무슨 왕관이라도 쓴 것만 같은데
만약 가을의 왕이 되는 게라면…

어머니,
가을이 제게 먼저 왔습니다
저를 거쳐 세상으로 나가겠다고
가장 곱고 진한 단풍을 만들어 내라고

어머니, 가난한 영혼은
언제나 가을의 영원한 고향이겠지요

*폴 베를렌이 랭보에게 붙인 별명 '바람구두를 신은 사나이'

II

나는 사랑에게 할 말이 많았으나

너는 고치가 되려는지

너는 고치가 되려는지
몸을 웅크려 동그랗게 말고
칠 년이래, 매미는, 잠깐이잖아
어둠은 나의 피부, 흙은 나의 식빵,
잠시 들숨만 잊고 지내면 돼

나비가 되려는 줄 알았다고?
너무 아름답잖아, 게다가 나는 꽃을
사랑하는 법도 모르는 걸, 매미가 될 거야
한 나무에만 매달려, 허물을 떠나지 않고, 회개하면서

한 달이래, 우아하잖아
신이 인간보다 매미를 더 사랑했던 거겠지
인간에게는 기껏 열 달의 안식이 주어질 뿐인데
그리곤 백 년 동안의 울음

안녕, 칠 년이야
그 여름, 어느 나무 밑에서,
너도 모르게 걸음이 멈춰지면, 그래, 바로 거기야,

땅에 묻혔던 사랑이 여여嫋嫋 울고 있는 곳

꽃아, 아프지 마라

흰 접시꽃

해사한 얼굴을 찍어
너에게 보낸다

아, 나는 너를
얼마나 붉어하는 것이냐

신들이 잠든 밤에도
별을 바라보며 기도하는 사람 있느니

꽃아, 아프지 마라

5월

5월이면 나는
아까시나무 밑을 걷느니

그대도 어서 와
손을 뻗어 붙잡으라

시간의 신이 부는 입김에
봄의 향기 허공으로 사라지기 전에

5월에 시작되는 사랑이 있다면
나는 그를 영원히 놓치지 않으리

저녁의 시

먼저 저녁이 오는 것이다

그 뒤를 이어 어둠이 오고
마지막으로 밤이 찾아오는 것이다

비애여,
순서란 이런 것이다

사랑이 오고,
이별이 오고,
그 다음에야 네가 와야만 하는 것

그러나 너는
언제나 가장 먼저 도착한다

저녁보다 먼저 와
밤보다 늦게 돌아간다

오, 나의 비정한 폭군아

밤의 시

밤은 벌써
몇 겹째 어둠을 껴입고 있다

추운가, 밤이여
외로운가, 아니라면
두려운 것인가

낮은 밤의 죽음,
이제 곧 햇살이 너의 심장을 멈추겠지만

내일이면 다시 시작될 끝없는 반복,
새벽과의 영원한 전투

밤이여, 이제 곧 새벽이
너의 외투를 벗기려니

내가 껴입은 몇 겹의 자위를
네게도 입혀 주마, 내 오랜 벗이여, 영혼의 그늘이여, 빛의
숙명이여

나는 사랑에게 할 말이 많았으나

나는 사랑에게 할 말이 많았으나
사랑은 내 말을 듣고 싶어 하지 않았기에
우리는 냉랭한 시선만 주고받은 채 헤어졌다

먼 훗날, 우연히 길거리에서 마주쳤기에
나는 가만히 속으로 물어보았다
사랑이여, 너는 그리도
내가 미운 것인가

사랑은 의아한 표정으로
나를 바라보며 되물었다

사람이여, 사랑에게는 귀가 없다네
그가 가진 건 오직 심장뿐
그가 들을 수 있는 건
오직 심장의 언어뿐

사랑법

너우 기울이지 말 것
결코 23.5도를 넘어서지 말 것
한 마음이 또 한 마음을 향해
가파르게 기울어질 때
사랑은 이별을 향해
몸을 기울이기 시작하니까

지구가 태양을 사랑하는
각도로 사랑할 것
1억 5천만 킬로쯤 떨어져
그 주변을 회전할 것

그러나 꽃에 입 맞추려는 자
어찌 고개를 숙이지 않고
풀밭에 누우려는 자
어찌 몸을 기울이지 않으랴

90도로 기울어질 것
0도로 포개어질 것

설사 지구가

불타 버린다 해도

그대의 심장이 대지에서

다시 일어나지 못한다 해도

영혼은 한 마리 슬픈 잠자리

영혼은 한 마리
슬픈 잠자리

앉을까, 말까
늘 고뇌하고

겨우 앉아도
금세 다시 날아오르고

그러면서도 영영 떠나지 못해
제자리를 맴도는

영혼은 한 마리
슬픈 날짐승

가만, 너도 땅에 내려앉는 것이
슬픈 것이냐

맨드라미

박제가 되어 버린 천재를 아시오*
날개가 아니라 사랑을 잃을 때
생은 퇴화한다

인간이 얼마나 큰 벼슬인지
이제 곧 잰걸음으로 달려올
가을,
귀뚜라미 소리를 귀 기울여 들어 볼 것

그러나 오늘은
오늘의 알에서 깨어날 것
날개가 아니라 꿈을 잃을 때
생은 박제가 되니까

날자, 한 번만 더 날자
붉은 꿈 일제히 홰를 친다

비상非常이다

*이상, 『날개』

고독

그는 고독을 몰랐을 테지
만약 알았다면, 인간의,
영혼을, 한 쌍으로, 창조했을 텐데
여와 남이거나, 여와 여거나,
남과 남이거나,
나와 나이거나, 개미와 개미거나,
신과 신이거나,

그런데 고독이여,
너는 누구인가

태초에 그가 붙여 준 그림자,
일생을 검은 얼굴로 땅 위를 기어다니며,
절망과 죽음을 속삭이는,
슬픔의 체중을 늘려 주고,
허무의 지평을 넓혀 주는,
그리하여 불면과 촛불을 동시에 안겨 주는,
어쩌면 사랑의 씨앗,
어쩌면 인류의 거름,
어쩌면 영혼의 조약돌을 씻으며 흘러가는 시냇물,

어쩌면 유령이 아닌 인간이라는 증거,
빛에서나, 어둠에서나,
언제나 인간과 한 뿌리였고,
마침내 같은 시간에 함께 작동을 멈추는,

고독이여, 너는 운명이
낳은 나의 배다른 쌍둥이인가
내가 그러하듯, 너도 생의
또 다른 이름인가

쓸쓸해서, 위대한, 지옥의 축복인가

나는 너무 오래 슬픔의 책갈피를

나는 너무 오래
슬픔의 책갈피를
인생이라는 책 속에 꽂아 두었다

때가 오면
반드시 거기부터
다시 읽어야만 한다는 듯이

그러나 그 날에도
책장은 다음 페이지로 넘어가지 않았으니
이제 나의 인생은 누렇게 색이 바래고
좀이 슬었다

오늘도 나는
그 책갈피만을 꺼내어 읽느니

– 죽음은 사랑에 마침표를 찍을 수 있는가

강물

지구는 우주의
강물을 흘러가고

우리는 인생의
강물을 흘러간다

언젠가 두 개의 강물이
서로 만나는 날

울음을 터트리면서
우리는 배에서 내려야 하리

곁에서
어떤 이는 미소 짓고 있는데

죽음보다 더 두려운

돌려 말하고 싶진 않아
나는 죽음이 두려워

영원한 잠,
생명의 소멸,
존재의 부존재,

지금 여기 있는
나는 어디로 가는 거지?

땅 속?
우주의 먼지?
아니면 우주 한 구석에 마련되었다는
두 개의 방 중에서 한 곳?

나는 두려워
가끔 떨기도 하지
그런데 또 하나의 내가 묻는다

– 죽어도 헤어지고 싶지 않은 연인들처럼

너는 그리도 네 삶을 뜨겁게 사랑하였던가?
네 삶이 너와의 이별을 결코 원치 않을 만큼!

또 하나의 내가 묻는다
죽음보다 더 두려운 질문을

죽음에 대한 단상

인간은 흔히 말하지
인생이 너무 짧다고,
덧없이, 속절없이 빠르게 지나간다고

틀림없이 신만 웃지는 않으리
하루살이는 더 큰 웃음을 터뜨리리

 — 36,500배의 시간이 부족하다고?
365만 년의 시간이 주어져도
너희는 끝내 한탄과 불평을 늘어놓으리!

어쩌면 인간은 생각하기 때문에 존재하는 게 아니라
죽기 때문에 존재하는 게 아닐까?
만약 그렇다면 우리는 우리의 존재에 대해
죽음에게 감사해야 할 텐데…

자, 손을 흔들고
고개 숙여 인사해 보자

죽음이여, 그대가 삶을 낳았노라!

언젠가 오리라

언젠가 오리라
너의 심장이 문득 깨달아
전율과 후회와 희망에 사로잡히는 날이

찰나가 얼마나 무한한 시간인지,
눈물이 얼마나 순수한 기쁨인지,
이별이 얼마나 불멸의 사랑인지,
죽음이 얼마나 영광스런 삶인지,

지워라
모두 잊어버려라
삶에서 애써 열어야 할 비밀의 문은
오직 하나뿐이니

순간이 얼마나 긴 영원인지,
네가 발을 딛고 서 있는 한 뼘 땅이
얼마나 넓은 우주인지,
인간이 얼마나 흠결 없는 창조주인지,
네 자신의 삶, 네 자신의 영혼에 대해

곡비

어쩌면
삶이란 죽음의 곡비

그래도 우리는
거리낌 없이 웃음 지어야 한다

죽음과 맞바꾸기 위해
삶을 살아가는 건 아니므로

어쩌면 죽음은
새로운 생명을 품은 알인지도 모르니까

어쩌면…, 아니 어쩌면이 아니어도
우리는 거칠 것 없이 웃음 지어야 한다

껄껄 깔깔 웃는 곡비,
얼마나 위대한 비극의 주인공인가

기꺼이 신이
그의 곡비가 되어 주리니

묻지 마라

묻지 마라
삶이 무엇인지
사랑이 무엇인지
꽃은 왜 피었다 지고
별은 아침이면 어디로 숨는지
그런 비밀을 알기엔
그대 아직 너무 젊으니까

묻지 마라
삶이 무엇인지
사랑이 무엇인지
파도는 왜 밀려왔다 밀려가고
안개는 흩어지면 무엇이 되는지
그런 비밀을 알기엔
그대 이미 너무 늙었으니까

웃고 울고
아파하고 기뻐하는 이여
오직 한 가지만 대답하라

네, 나는 어둠 속에서도

나의 발걸음을 멈추지 않았습니다

낙엽

창공은 얼마나 지루했던가
무향의 단조로운 청색 지옥

구름은 늘 허둥지둥 달려가고
별은 어찌나 말이 없든지,
새는 또 얼마나 쫑알쫑알 시끄럽든지

긴 기다림 끝내고
이제 열반을 향해 간다

풀 위에도 누웠다가
이 거리 저 거리를 내키는 대로 달리며
흙먼지를 들이켜고
사람들의 발에 밟혀 몸이 찢어지기도 하면서
오, 어쩌면 다비식까지…

사람아, 나뭇가지에서 떨어지는 게
죽음이 아니다, 낙엽도 한참을 더 산 후에야
비로소 제 무덤에 누울 수 있느니

노년이란 아직 낙엽에도 이르지 못한 것을

진다고

진다고
지는 것이겠는가

해와 달, 꽃과 단풍
이기며 지고 다시 살아나느니

살아가지 못해, 살아진다고
지는 것이겠는가

가슴에
해와 달, 꽃과 단풍 품고 있다면

생명의 색

후회는 영원한
지각생

때 이르게 찾아오는
후회란 없지

그것은 삶도 마찬가지
그 또한 늘 때늦게 찾아오느니
오직 죽음만
때 이르게 방문할 뿐

벗나무 잎은
초록으로 태어나
때가 되면 붉게 물들고
때가 되면 갈빛이 되어 떨어진다

내 생명의 색
지금 어떤 빛인지

부디 때에 맞기를

횡단보도

횡단보도 앞에 서서
적색이 청색으로
바뀌길 기다리고 있는데
육십 대 후반은 지났을
긴 치마에 단화를 신은
은발의 여자 하나가
온몸에서 경쾌한 리듬을 뿜어 대며
발걸음도 당당하게
적색을 향해 뚜벅뚜벅 걸어가더란 말이지
이야, 나도 모르게 속으로 탄성을 지르는데
생각 하나 문득 떠오르기를
생의 마지막 횡단보도를 건너갈 때
(아마도 그곳은 적색이 직진이겠지?)
신호가 바뀌길 기다리지 말고
나도 저, 지구의 무법자처럼 초연히 건너가 볼까
일단 마음에 적어 두기는 하였다

언젠가 너는 말하리라

언젠가 너는 말하리라
이제 드디어 죽을 때가 된 것 같군

십 년, 이십 년, 삼십 년 후쯤
탄식과 두려움에 가득한 목소리로

그런데 도대체 언제 너는 말할 작정인가
이제 드디어 살 때가 된 것 같군

일주일 후? 한 달 후? 일 년 후?

이제 드디어 나의 진정한 삶을
단 한 순간도 허비하지 않으며
꽃과 불처럼 살 때가 된 것 같군

수요일은 일주일에 한 번 찾아온다

아침은 매일 한 번 찾아오고
수요일은 일주일에 한 번 찾아오고
봄은 일 년에 한 번 찾아오고
2월 29일은 사 년에 한 번 찾아오고
혜성은 몇 십 년에 한 번 찾아오고
청춘과 죽음은 평생 한 번 찾아온다

꿈은 몇 번이나 찾아왔던가
사랑은 몇 번이나 찾아왔던가
용서는 몇 번이나 찾아왔던가

삶은 몇 번이나 찾아왔던가

나는 살리라

훌쩍이는 천둥과 같이
놀라 달아나는 번개와 같이
대지의 피부나 적시는 빗줄기같이

는

살지 않으리

기쁨이
사랑이
슬픔이
허무가

입에 거품을 물며 쓰러져
바닥을 구르고 구르다
스스로 까무러칠 때까지

마침내 다시 일어나
영원과 죽음을 향해 이렇게 외칠 때까지

시간의 화살이여
내가 너를 부러뜨렸도다

12월에 장미를 찾아 헤매네

6월에 눈을 기다리네
물론 하늘에서 눈송이가
떨어지진 않을 것이나
틀림없이 내 가슴에는
함박눈 펑펑 쏟아질 것이기에

12월에 장미꽃을 찾아 헤매네
물론 땅 위에서는
발견하지 못할 것이나
틀림없이 내 가슴에는
향기 가득 뿜으며 피어날 것이기에

인생이란 봄날의 꿈 같은 것
너무 구분하며 살지 않도록 하세

눈물 속에서 사랑을 기다리네
물론 지금 문을 열고
들어서지는 않을 것이나
틀림없이 내 가슴에는
누군가 문을 똑똑 두드릴 테니까

평범한 피안

이것은 단지
개별적이고 상대적일 것이나…

고립의 합일이여!
고독의 쾌락이여
결핍의 부유함이여
비움의 충만함이여
굶주림의 배부름이여
적막과 고요의 합창이여
여백의 화려함이여
무념의 열락이여
부재의 실재여
찰나의 영원함이요
아무것도 아닌 것의 모든 것이여

오, 평범한 피안이여!

슬픔에게 꽃다발을 바칠 수 있을까

바칠 수 있을까

슬픔에게 꽃다발을

불운에게 왕관을 씌워 주고
고독에게 외투를 입혀 주며
허무에게 뜨거운 차 한 잔을 대접할 수 있을까

이봐, 생에는 원래부터 그늘과 웅덩이와 낭떠러지가 많은
법이라고, 장미엔들 가시가 없겠어, 가시라고 꽃 없는 세상을
꿈꿔 보지 않았겠느냐고, 낡고 닳은 구권 지폐처럼, 눈물과
한숨만 차곡차곡 접혀 있어도, 영혼의 지갑 속에,

지금은 두 세기에 걸쳐
밥을 먹고, 잠을 자고, 산책을 할 수 있는 시대
그만큼 치욕의 수명도 길어졌음을 인정해야 해

불행에게 차례를 양보할 수 있을까
이별에게 악수를 청할 수 있을까
고통에게 방 한 칸을 내주고 함께 살아갈 수 있을까

절망이여, 너와 술잔을 부딪칠 수 있을까
회한이여, 너에게 잠자리를 청할 수 있을까

삶이여, 너에게 신부를 찾아줄 수 있을까

두 세기가 끝나기 전에
은빛 면사포를 쓴

붉은 드레스를 입은

화해

생의 긴 세월,

나였으며, 나의 어둠 속 다정한 친구였으며
나의 가장 물리치기 힘든 적이었던 자여
이제 그만 나의 손을 잡으라

자신과 화해할 줄 모르는 자가
어찌 세상과 화해할 것이며
자신의 지옥과 화해할 줄 모르는 자가
어찌 자신의 천국과 화해할 것이냐

지금은 석양의 시간

낮과 밤, 빛과 어둠
태양과 달도 화해하느니
인생의 마지막 목표는
승리가 아니라 평화를 얻는 것

자신의 운명과 화해할 줄 모르는 자가
어찌 신의 뜻과 화해할 것이며

삶과 화해할 줄 모르는 자가
어찌 죽음과 화해할 것이냐

나는 천년의 저녁을 살리라

낮의 몰락이냐
밤의 부활이냐
그러나 나의 영혼은
그 어느 제국에도 속하지 않으리니
빛이여, 시들어라
어둠이여, 꽃피어라
나는 천 년의 저녁을 살리라
하늘과 대지가 얼굴을 붉히며
화해하고, 거미가 허공에 궁전을 짓고,
돌아갈 곳이 있는 자는 안도의 한숨을,
돌아갈 곳이 없는 자는
허무와
고독의 우악스런 손길에
목덜미가 붙잡히지 않도록
지평선을 향해 잰걸음으로 달려가는 시간
어둠이여, 시들어라
빛이여, 꽃피어라
다시 밤은 패퇴하고
아침은 승전의 노래를 부르겠지만
나는 천년의 저녁을 살리라

빛과 어둠이 서로의 몸을 부딪칠 때

영원이 내게로 걸어와

어깨동무를 한 채

함께 별을 기다리는 시간,

저곳이 바로 네가 돌아갈 곳이라고 말해 주면서

III

눈이 오고 한 아이가 태어난다

안녕

해에게 안녕
별에게 안녕

꽃에게 안녕
새에게 안녕

시냇물에게 안녕
조약돌에게 안녕

어머니, 안녕하세요
아이야, 안녕

삶은 가끔 내게 불친절했지만
나는 그렇게 살고 싶지 않아

안녕, 나를 둘러싼 모든 것들아
안녕, 내가 사랑해야 할 모든 것들아

꽃

벌과 나비를 불러 모으기 위해

내가 얼마나
순간순간을
절박하게 살아가는데

꽃다운 삶이라니…

그대, 내게서 향기가 아닌
노동의 땀냄새를 맡을 순 없는지

해

권태와 절망, 의지에 대해 말해 주랴
수십억 년째 이어져 내려온

왜 아침마다
그렇게 불같이 화를 내는지
저녁 바다에 안긴 나의 모습이
왜 그리 평화롭게 보이는지
그 밤새 달과 별을
내가 얼마나 부러워했는지
그래도 다시, 아침마다 세상을 향해
어떻게 생명의 활시위를 당기는지

인간에게 필요한 것이 무엇인지 말해 주랴
지구의 자식들아, 백 년의 흙먼지여

달

모두 해가 될 수는 없단다
어둠을 비춰 주는 사람도 있어야 해

언제나 완벽할 수는 없단다
나도 한 달에 하루만 보름달인 걸

별

거리는 중요하지 않아
어둠이라고 미워할 필요 없어

나는 내 자리,
너는 네 자리에서

우리 같이 웃으며 반짝이자

섬

사랑은 종종
사람을 섬으로 만든다

사람은 늘
사랑을 섬으로 만든다

날개

너무 무거워지면
날지 못한다

몸이 아니라
날개가

불을 훔치려는 자는
먼저 영혼의 무게를 줄여야 한다

잇다

아주 작은 차이일 뿐

사람이 희망을 잊다
사람이 희망을 잇다

사람이 사랑을 잊다
사람이 사랑을 잇다

아주 뜨거운 시선임을

사람과 사람이 있다
사람과 사람을 잇다

이런 생각

뱅글뱅글 지구가 바삐 돌아도
넘어지지 않는다

거꾸로 지구에 매달려 살아도
떨어지지 않는다

슬픔, 아픔
뭐 그쯤이야

여행자에게

고치를 뚫고
푸른 하늘을 날아오르는
나비의 첫 날갯짓으로

허물을 벗고
스르르 땅을 기어가는
뱀의 온 몸짓으로

떠나라,
익숙하고 안전한 것으로부터
살아라,
이제 막 세상을 처음 본다는 듯이

스스로 알을 깨고
벽과 굴레를 무너뜨리며 태어나는
한 마리 새의
영원한 생명의 의지로

꿈꿔라,
마침내 도착할 자유의 땅을

눈

천만 개의

눈이

세상 구석구석을 바라본다

가난하고
쓸쓸하고
병든 사람들을 찾아 덮어 주려

아픔, 허물, 고독, 지나온 발자국들…

나의 눈이여,

너는 지금 무엇을 바라보고 있는가

눈이 오고 한 아이가 태어난다

눈이 온다
눈송이가 하늘에서 떨어진다

쿵, 쿵, 쿵, 쿵, 쿵

심장이 터질 듯 뛰고
가슴속 비밀의 정원에서
한 아이가 태어난다

눈이 온다
아이가 몸 밖으로 뛰쳐나온다

신이여, 당신이 있음을 믿습니다

풀

바람이 어디서 불어오는지
그리고 어디로 불어 가는지
그건 내게 중요하지 않아
오직 나는 춤출 뿐

바람이 불면 바람에 맞춰
바람이 멈추면 나도 잠시 멈춰
마음속으로 곰곰이 생각하지
나비의 날갯짓을, 별들의 발걸음을, 구름의 몸동작을

그럴 때마다
세상 밖으로 일제히 쏟아져 나온대

내 얼굴과 몸에서

초록의 풀빛이

아들아, 이런 친구를 사귀렴

아들아, 이런 친구를 사귀렴

그의 곁에 서면
강물 흐르는 소리가 들려오는 사람

깊고 넓어
긴 시간 고요히
귀 기울이지 않으면 듣지 못할

소박한 미소
묵묵한 인내
믿음과 정직의 강물
하루에 두 번 노을을 싣고 흐르는

아들아, 이런 친구가 되렴

느릿느릿
흘러가는 강물 소리가 들릴 때까지
긴 시간 고요히 그와 함께 서 있는

때로는 슬픔을 기쁨인 체

때로는 슬픔을 기쁨인 체
살아야 한다

때로는 눈물을 미소인 체
때로는 이별을 사랑인 체
때로는 절망을 희망인 체
살아야 한다

천의 얼굴쯤 못 가진 사람
어디 있으랴
운명 또한 그러하느니
그가 불행을 안겨 주거든
행복인 체 큰 소리로 노래 불러야 한다
당황한 그가 뛰어 돌아와
불행을 행복과 바꿔 주도록

때로는 인생이 농담인 체
살아야 한다

슬픔의 격조

정중하게 맞을 것

의자를 내주고
차를 대접할 것

그의 이야기에
관심을 갖고 귀를 기울여 줄 것

금세 돌아가지 않더라도
불편한 기색을 비치지 말 것

마침내 일어서거든
악수를 나누고 헤어질 것

문을 닫고…
자물쇠를 걸어 잠그고…
소리가 새어 나가지 않도록 조심하며…

엉 엉 울 것

슬픔이 너의 슬픔을 알아차리지 못하도록
그가 기뻐 다시 뛰어오지 않도록

선물

생각해 봐

뭘 받고 싶은지, 그런 것 말고

몇 사람에게나 주었는지
받은 것보다 준 게 많은지

오늘이라는 시간이 진짜 선물인지
그 선물을 어떻게 쓰고 있는지

네 삶에게서 어떤 선물을 받았는지
네 삶에게 무엇을 선물로 줬는지

너는 지구에게 선물인지
얼마나 잊지 못할 소중한 선물인지

만약 내가 시가 된다면

내가 쓴 시가
책 속에서 살아나
한 명의 인간이 된다면
어떤 인물이 될지 생각해 본다

그와 반대로,

내가 죽어
시집 속에 들어가
한두 페이지쯤 장식한다면
어떤 시가 될 지 생각해 본다

이런, 훗날 다시 생각하자꾸나
아무래도 지금은 조금 빠른 것 같으니

인류에게 행운을

2023년 9월 9일
아침 7시 15분

한국에서 살았던 시인 양광모는
햇살의 백지 위에
이렇게 쓴다

 - 삶이 그대를 실망시키는 건
일찍이 삶이 그대에게 실망했기 때문!

나보다 먼저 죽은 이들은
이 시를 읽지 못하리니
그대의 심장, 분명 아직 뛰고 있으리

삶을 실망시키지 말라
삶이 그대에게 바라는 건
오직 한 가지뿐, 자신을 뜨겁게 살아 주기를

그대에게 용기를!
인류에게 행운을!

나무

커다란 나무 한 그루가 있다

지상에서 일 미터 오십 센티 정도의 높이에서 두 갈래로 가지가 갈라져 있다 오른쪽 가지는 다시 칠팔십 센티 높이에서 두 갈래로 갈라졌는데 그중의 왼쪽 가지는 다시 일 미터 이십 센티 높이에서 세 갈래로 갈라져 있다 최초의 왼쪽 가지는 일 미터 오십 센티의 높이에서 두 갈래로 갈라졌는데 두 가지가 엑스 자로 교차되어 하늘로 뻗어 있다

어찌 알겠는가, 지금까지 이 나무에게 어떤 일들, 어떤 슬픔, 어떤 고통, 어쩐 좌절, 어떤 절망이 있었는지를

그리하여 지금 그가 애원하고 있는지, 항의하고 있는지, 아니면 침묵하고 있는지를

또는 그 세 가지를 모두 하고 있는지를

어쩌면 그 모두에게는 아무런 관심도 없는지를

IV

시인들을 단두대로

시를 파괴하자

이것은
보고報告

짧은
일기

종교적
신앙 고백

2023년 9월 11일
오전 5시 59분

나는 시인이 되었다

꿈속에서, 나무

한 그루가
땅을 찢으며 솟아오르고

그 우듬지 끝에서

새가

날아오르며 소리쳤다

시를 파괴하라,
그리고 그를 다시 부활시켜라

시가 아닌 것으로, 인류의 숙제로,
인류의 치욕으로, 인류의 몽둥이로,

그리하여, 여기 적어 두느니
독자들이여, 나와 함께 시를 파괴하자

시인들을 단두대로

독자들이여
시인들을 처형하자

그들의 시는
빈 쭉정이거나
누구도 본 적 없는 용이거나
구세군 냄비에 던져진
백 원짜리 동전에 불과한 것

독자들이여
시인들의 목을 매달자

그들의 혁명은 실패하였고
이제 그들은 답습과 안일,
숨바꼭질과 미로 찾기의 감옥에 갇혀 있느니

독자들이여
시인들의 목을 조르자

그럼에도 기꺼이 죽음을 무릅쓰고

다시 한번 혁명을 일으켜

인류에게

제2의 불을 가져다줄

위대한 초인이 나타날 때까지

詩가 너의 눈에 번개를 넣어준 적 없다면

독자여,
오늘은 우리 같이 시를 써 볼까

인생, 사랑, 죽음,
이런 진부한 주제는 말고…

그래, 시에 대해서!

내가 한 줄을 쓰면
그대가 한 줄을

나 : 詩가 너의 심장을
날카로운 창으로 찔러 피가 철철 흐른 적이 있는가?

너 :

나 : 詩가 너의 머리에 구멍을 내고
미지의 바람을 불어넣어 준 적은?

너 :

나 : 詩가 너의 목을 졸라
숨이 막혀 죽을 뻔했던 적은?

너 :

뭐라고? 없다고? 그럼
도대체 이따위 시집을 뭣 때문에 읽고 있는 건가!

詩가 너의 눈에 번개를 넣어준 적 없다면

지옥으로의 초대

독자여, 알고 있겠지?
내가 그대들을 얼마나 사랑하는지
그렇지 않다면 이런 글을 쓰고 있을 이유가 뭐람!
시집 1000권을 팔아 봐야… 어흠…

생각해 봐,
언제 우리가 진지한 대화를 나눈 적 있는지
물론 시를 통해서 메시지를 전달하기는 했지
그렇지만 그건 나의 목소리가 아냐
풀섶과 길가에
신이 흘려 놓은 수정 구슬을
운 좋게 주워 시장에 내놓았을 뿐이지

아무튼 내가 하고 싶은 말은 이거야
조금 수상하게 들려도 참고 들어 줘
나는 당신을 사랑하는 시인이니까

여기, 간절히, 전하느니, 새로운 신의 목소리를,

- 오, 나는 너를 시인으로 세상에 내려보냈는데

어찌하여 너는 읽는 자로만 인생을 살고 있는가
눈을 떠라, 귀를 열어라, 삶과 죽음의 향기를 맡으라
불멸을 향해 손을 뻗고, 영원을 향해 걸어가라
독자여, 이 시집을 찢어 버리고 너의 시집을 들고 내게
오라

독자여, 어쩌겠는가?
그대도 한 번 저주받은 시인의* 명단에
이름을 올려 보지 않으려는가

진정한 시인에게는
그 저주가 축복으로 바뀌느니
독자여, 이제 그만 땅을 기어다니고
높이 하늘을 날아 보지 않겠는가

그대 나의 이빨에 물려
온몸에 시의 독이 퍼지기를

나의 시인이여, 나의 동료여,
우리 함께 시의 지옥으로 가자

절망과 모욕의 그리하여 찬란한

*폴 베를렌, 『저주받은 시인(Les Poètes maudits)』

그런데 독자여

그런데 독자여,
설마 내가 이런 시를 쓴다고
화를 내거나 한숨을 쉬지는 않겠지?

― 운명이 내게 입혀 놓은 옷은 너무 작아 숨조차 쉬기 힘들
정도로 꽉 꼈고, 단조로운 디자인, 칙칙한 색, 단 한 개의 주
머니조차 달려 있지 않았으며, 그나마 여기저기 솔기가 터지
고 헤져 당장에라도 벗어 버리고 싶었으나, 내가 걸칠 수 있
는 유일한 외투였기에…참고, 견디고, 잊은 듯, 상관없는 체,
그러면서도 때로는, 내 반드시 언젠가는, 두 손을 불끈 쥐고
허공에 외치다…겨울이 가고, 봄이 가고, 여름이 가고, 다시
겨울, 겨울, 겨울…이제 마지막 겨울의 끄트머리에서 내 곰곰
이 되돌이켜 탄식하느니, 그때 차라리 옷을 벗어던지고 알몸
으로 살았더라면!

그런데 독자여,
설마 내가 그대 영혼의 옷에 빗대어
이런 시를 쓰고 있는 건 아니라고 믿어 주겠지

하여간 몸이건 영혼이건 따뜻한 게 최고일 테지만

깨우고 깨부수는

바람으로는 어림없지

차가운 빗줄기도 소용없어

번개야 물론 그의 몸을 두 쪽으로
갈라놓을 수는 있겠지

개구리와 뱀, 곰을 깨우듯
따뜻한 햇볕이 그럴 수 있을 거라고?

그는 이미 천 년의 봄을
동면 속에서 보냈어

그러면 도대체 뭐가 깨울 수 있느냐고?

독자여, 대답해 봐,
지금 너를 질문으로 깨우고 있는 게 무언지

지금 잠에서 깨울 뿐만 아니라

산산조각을 낸 후 저 허공으로

자유롭게 날려 보내 주고 싶은 게 누구인지

나는 당신을 위해 시를 쓰는 것이 아니다

나는 당신을 위해
시를 쓰는 것이 아니다
나는 인류를 위해, 인류의 고통을 위해
시를 쓴다

그가 넘어지지 않도록
만약 넘어지면 재빨리 일어서도록
그럴 수 없다면 넘어진 자리에서
하늘과 별, 꽃과 개미를 바라볼 수 있도록
나는 시를 쓴다

그러면 당신도 해당되지 않느냐고?
좋다, 대답해 보라

당신의 가족이나 친구,
애인이나 직장 동료가 아닌
인류를 위해 지금까지 어떤 일을 했는지
아프리카의, 중남미 아메리카의, 아시아의,
지진 속의, 태풍과 홍수에 휩쓸린,
아, 저 끔찍한 전쟁 그리고 기아…

너무도 많은…

다시 물어보겠다
내가 당신을 위해 시를 써도 되는지
당신이 인류의 일원인지
지금 스크럼을 짜고 어깨동무를 한 채
운명과의 전쟁을 위해

저벅저벅 묵묵히 걸어가고 있는

시라는 종교

시인을 빨리 말하면
신이 되지

그렇지만 신은
대개 복수니

시의 삼위일체는
시, 시인, 독자

경전이야 당연히
시집

교리는
한 번은 시처럼 살아야 한다

십계명?
너무 많아, 딱 하나만

독자 여러분,
헌금을 내시오

뼈 있는 시

시를 쓰겠다

뼈 있는 말,
이두박근, 삼두박근을 가진 단어,
피가 철철 흐르는 문장,

그 시는 시집 속에서 걸어 나와
당신을 만나러 가겠지

악수, 포옹, 꽃다발, 잠자리, 말싸움…

당신의 얼굴을 주먹으로
후려치리라, 두 발로 당신의 몸을 짓밟으리라
땅에서 일으켜 세워 등에 업고 가리라
무덤이거나 천국으로

뼈 있는 슬픔을 얻고 싶다
말랑말랑 살만 있는 슬픔이 아닌
끈적끈적 피만 엉겨 있는 슬픔이 아닌
굵고 길쭉한, 늘씬한, 백색 뼈가 있는 슬픔

늙은 개처럼
그 슬픔을 핥다, 허무의
발뒤꿈치를 와락 물어 버릴 텐데

내 시를 불멸의 골수에 묻어 버릴 텐데

파랑이 빨강을 이길 수 있을까

파랑이 빨강을 이길 수 있을까
5월이 12월을 만날 수 있을까
입은 별의 노래를 들을 수 있을까
이름이 얼굴을 숨겨 줄 수 있을까
슬픔이 천국을 방문할 수 있을까
시간은 어디에 살고 있을까
찰나는 영원의 어머니일까
끝이기만 한 끝은 있을까
신은 무엇으로 자신을 만들었을까
질문이 죽음을 건너뛸 수 있을까
사람의 심장에 누가 꽃과 가시를 같이 숨겨 두었을까
시는 자신의 무덤을 어디에 만들고 싶어 할까

시인들을 위한 시

詩란 언어의 사원

어떤 재료를 써서
어느 만큼의 규모로
어떤 양식으로
그대의 사원을 지으려는가

돌? 나무? 철근?
단층? 10층? 바벨탑?
단순미? 장엄미? 화려함?
또는 일찍이 땅 위에 없었던 새로운?

그러나 결국 사원보다
중요한 건 신앙

찬양과 탄식, 회개와 서약,
애원과 갈구의 모든 행위 중에서
그대 어떤 기도문을 작성하려는가
기꺼이 신도들이 무릎을 꿇고 경배할

그러나 사실 이것은 오만
어쩌면 시인이란 건축가는커녕
서툰 번역가에 불과할 테니
두 개의 언어 사이를 영원히 떠도는

먼저 그는 배워야 하리
신과 자연, 영원과 우주의 언어를
그들의 알파벳과 단어와 문장과 격언을
오직 비밀의 기호로만 쓰이고 말해지는
언어 이전의 언어

그리고 또 그는 배워야 하리
인간의 귀가 아니라
인간의 심장이 들을 수 있는 언어,
인간의 눈이 아니라
인간의 가슴이 읽을 수 있는 언어,
언어 이후의 언어

누가 이 일을 할 수 있을 것인가
오직 저주받은 시인만이

어떻게 이 일을 할 수 있을 것인가
오직 저주를 통해서

시인들이여,
그대에게 부족한 건
재능도 노력도 행운도 아닌
오직 저주뿐, 지금 저주를 찾아 나서라
그것은 두 개의 언어 사이에 있느니

오, 황홀한 지옥이여

누구냐

태양을 맨눈으로
바라볼 수 있는 자
누구냐

달을 한입에
삼켜 버릴 수 있는 자
누구냐

대륙의 아들이며, 대양의 딸인 자
바람의 남편이며, 노을의 아내인 자
사자의 친구이며, 꽃들의 하인인 자
번개의 스승이며, 별의 제자인 자
누구냐

우주를 주물러
한 주먹 진흙덩어리로 만드는 자
개미에게 숨결을 불어넣어
거대한 용으로 만드는 자
시간을 엿가락처럼 구부려
창고 속에 넣어 두는 자
누구냐

단어를 공중에 날게 하고
문장을 물속에 헤엄치게 하고
은유와 상징을 지구의 심장에 넣어
불로 흐르게 하는 자
누구냐

창조를 위해 파괴하고
비상을 위해 추락하고
탄생을 위해 사망하며
희망을 위해 절망하는 자
누구냐

천국이자 지옥이고
축복이자 저주이고
빛이자 어둠이고
열쇠이자 자물쇠이고
비밀이자 소문이며
불멸이자 안개인 자

누구냐

나는 기도했지

나는 보았지
밤이 낮을 삼키는 것을
뱀처럼 천천히, 그러나 한입에

나는 들었지
낮이 알에서 깨어나는 소리를
그의 몸에서 퍼져 나오는 생명의 노래를

나는 생각했지
죽음이 삶을 삼키리라
그리고 그가 낳은 알에서 삶이 깨어나리라

나는 기도했지
이 시가 누군가에게는 한 줄기 별빛이 되기를